사람처럼 말을 할 줄 아는 두꺼비가
판서 대감의 셋째 딸과 결혼해요.
두꺼비 신랑에게 무슨 일이 벌어질까요?

**추천 감수_ 서대석**
서울대학교와 동 대학원에서 구비문학을 전공하고 문학박사 학위를 받았습니다. 한국 구비문학회 회장과 한국고전문학회 회장을 지냈으며, 1984년부터 지금까지 서울대학교 인문대학 국어국문학과 교수로 재직 중입니다. 〈한국구비문학대계〉 1-2, 2-2, 2-6, 2-7, 4-3 등 5권을 펴냈으며, 쓴 책으로 〈구비문학 개설〉, 〈전통 구비문학과 근대 공연 예술〉, 〈한국의 신화〉, 〈군담소설의 구조와 배경〉 등이 있습니다.

**추천 감수_ 임치균**
서울대학교 대학원에서 고전소설 연구로 문학박사 학위를 받고 현재 한국학중앙연구원 한국학대학원 어문예술계열 교수로 재직 중입니다. 한국학중앙연구원에서 문헌과 해석 운영위원으로 활동하고 있으며, 고전소설의 대중화 방안을 연구하여 일반인들에게 널리 알리는 일에 앞장서고 있습니다. 쓴 책으로 〈조선조 대장편소설 연구〉, 〈한국 고전소설의 세계〉(공저), 〈검은 바람〉 등이 있습니다.

**추천 감수_ 김기형**
고려대학교와 동 대학원에서 구비문학을 전공하고 문학박사 학위를 받았습니다. 현재 고려대학교 문과대학 국어국문학과 부교수로 판소리를 비롯한 우리 문학을 계승 발전시키기 위해 노력하고 있습니다. 쓴 책으로 〈적벽가 연구〉, 〈수궁가 연구〉, 〈강도근 5가 전집〉, 〈한국의 판소리 문화〉, 〈한국 구비문학의 이해〉(공저) 등이 있습니다.

**추천 감수_ 김병규**
대구교육대학을 졸업하고 한국일보 신춘문예에 동화가, 중앙일보 신춘문예에 희곡이 당선되면서 작품 활동을 시작했습니다. 대한민국문학상, 소천아동문학상, 해강아동문학상 등을 수상했으며, 현재 소년한국일보 편집국장으로 재직 중입니다. 쓴 책으로 〈나무는 왜 겨울에 옷을 벗는가〉, 〈푸렁별에서 온 손님〉, 〈그림 속의 파란 단추〉 등이 있습니다.

**추천 감수_ 배익천**
경북 영양에서 태어났습니다. 1974년 한국일보 신춘문예에 동화가 당선되었고, 〈마음을 찍는 발자국〉, 〈눈사람의 휘파람〉, 〈냉이꽃〉, 〈은빛 날개의 가슴〉 등의 동화집을 펴냈습니다. 한국아동문학상, 대한민국문학상, 세종아동문학상 등을 받았으며, 현재 부산 MBC에서 발행하는 〈어린이문예〉 편집주간으로 일하고 있습니다.

**글_ 임선아**
대전에서 태어나 어릴 때는 들로 산으로 뛰어다니며 노는 것을 좋아했습니다. 2005년 조선일보 신춘문예에 동화가 당선되면서 문단에 나왔으며, 현재 어린이들을 위한 글을 쓰고 있습니다. 쓴 책으로 〈난 늑대 싫어!〉 등이 있습니다.

**그림_ 이덕진**
일러스트레이터들의 모임 '나'의 회원이며 현재 프리랜스 일러스트레이터로 활동하고 있습니다. 2001년 출판미술협회 공모전에서 동상을 수상하였으며, 그린 책으로 〈당나귀 공주〉, 〈황금 거위〉, 〈영원한 지식인 정약용〉 등이 있습니다.

소년한국
우수어린이
도서수상

〈말랑말랑 우리전래동화〉는 소년한국일보사가 국내 최고의 도서 제품을 선정하여 주는 우수어린이 도서를 여러 출판사의 많은 후보작과의 치열한 경쟁을 뚫고 수상하였습니다.

**말랑말랑 우리전래동화** **㉑ 사랑과 믿음**

# 두꺼비 신랑

**발 행 인** 박희철
**발 행 처** 한국헤밍웨이
**출판등록** 제406-2013-000056호
**주   소** 경기도 성남시 분당구 금곡동 444-148
**대표전화** 031-715-7722
**팩   스** 031-786-1100
**편   집** 이영혜, 이승희, 최부옥, 김지균, 송정호
**디 자 인** 조수진, 우지영, 성지현, 선우소연
**사진제공** 이미지클릭, 연합포토, 중앙포토

# 두꺼비 신랑

글 임선아 그림 이덕진

한국헤밍웨이

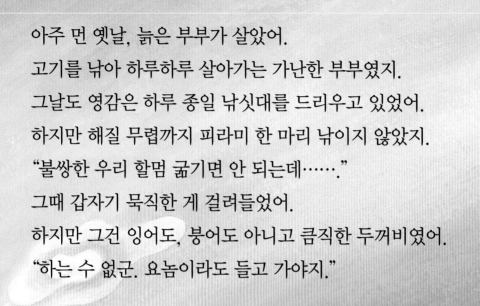

아주 먼 옛날, 늙은 부부가 살았어.

고기를 낚아 하루하루 살아가는 가난한 부부였지.

그날도 영감은 하루 종일 낚싯대를 드리우고 있었어.

하지만 해질 무렵까지 피라미 한 마리 낚이지 않았지.

"불쌍한 우리 할멈 굶기면 안 되는데……."

그때 갑자기 묵직한 게 걸려들었어.

하지만 그건 잉어도, 붕어도 아니고 큼직한 두꺼비였어.

"하는 수 없군. 요놈이라도 들고 가야지."

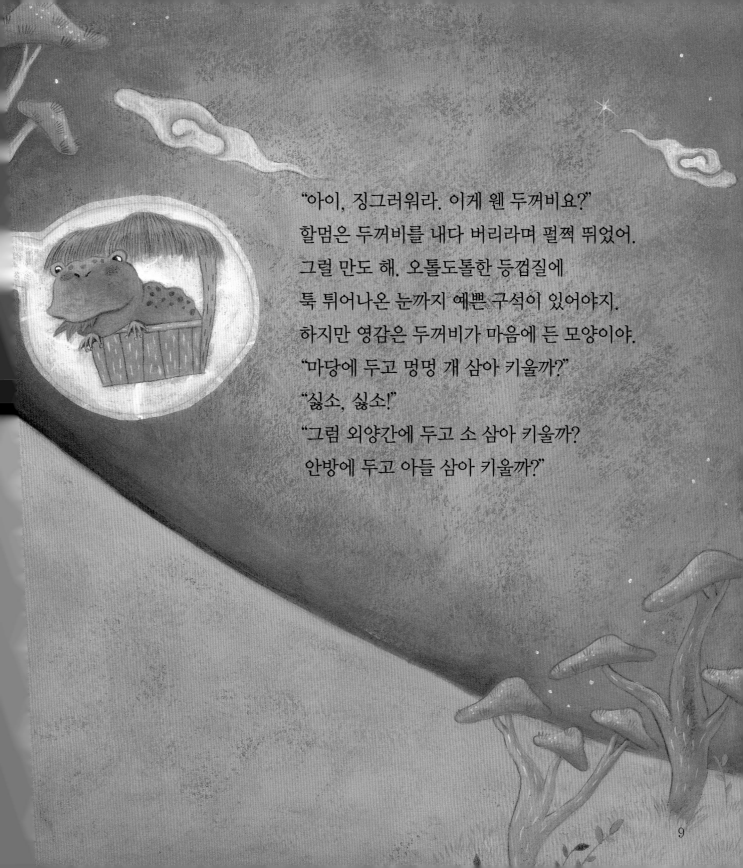

"아이, 징그러워라. 이게 웬 두꺼비요?"
할멈은 두꺼비를 내다 버리라며 펄쩍 뛰었어.
그럴 만도 해. 오톨도톨한 등껍질에
툭 튀어나온 눈까지 예쁜 구석이 있어야지.
하지만 영감은 두꺼비가 마음에 든 모양이야.
"마당에 두고 멍멍 개 삼아 키울까?"
"싫소, 싫소!"
"그럼 외양간에 두고 소 삼아 키울까?
 안방에 두고 아들 삼아 키울까?"

두꺼비가 온 뒤로, 고기가 부쩍 잘 잡혔어.
영감은 끼니마다 밥 한 숟가락씩 두꺼비에게 먹였지.
"우리 두꺼비 아들, 쑥쑥 자라라."
그러던 어느 날, 영감은 놀라 쓰러질 뻔했어.
두꺼비가 폴짝폴짝 뛰어와 말을 하는 거야.
"할아범, 할아범. 나 장가 좀 보내 주오.
고개 너머 판서 댁 셋째 딸한테 장가 좀 보내 주오."
영감은 기가 막혀 쩍 벌어진 입을 다물 수가 없었어.

"우리 귀한 딸을 두꺼비한테 시집보내라니!"
판서 대감은 고래고래 호통을 쳤어.
영감이 쩔쩔매며 말했지.
"대감마님을 위해서 하는 말입니다.
우리 두꺼비 아들이 안 그러면 대감마님 집안이
망해 앞마당에 풀이 우거질 거라고 하네요."

판서 대감은 그 말에 더 길길이 날뛰었어.

그때 두꺼비가 대감 앞으로 폴짝폴짝 뛰어와 말했어.

"집안이 망해도 되나요?"

판서 대감은 말하는 두꺼비를 보고 깜짝 놀랐어.

'저런 *영물의 말이라면 사실일 거야.

하는 수 없지. 셋째 딸과 혼인시키는 수밖에.'

*영물 : 신령스러운 물건이나 짐승을 가리키는 말이에요.

얼마 후 혼인날이 되었어.
판서 댁 앞마당은 사람들로 북적거렸지.
"호호, 두꺼비 신랑이 얼마나 잘생겼나 한번 봅시다."
"두꺼비한테 시집가는 예쁜 신부가 불쌍해요."

사람들은 *사모관대를 쓴 두꺼비를 보고 배꼽이 빠져라 웃었지.
판서 대감은 혼례가 치러지는 동안 얼굴 한번 내밀지 않았어.
"흥, 혼례는 치른다만 내가 사위로나 볼까!"

*사모관대 : 예전에 벼슬아치가 쓰던 모자와 조정에 나갈 때 입던 옷을 가리키는 말이에요.
　　　　　전통 혼례 때 신랑이 입어요.

그날 밤이었어.
신부는 연지 곤지도 지우지 않고
족두리도 벗지 않은 채 한숨을 쉬고 있었어.
그 때 두꺼비 신랑이 다가와 소곤거렸어.
"각시, 놀라지 마오."
그러더니 폴짝폴짝 재주를 넘었어.

그러자 이게 웬일이야!
두꺼비 신랑은 온데간데없고 잘생긴 남자가 나타난 거야.
"나는 죄를 짓고 땅으로 내려온 하늘나라 사람이라오.
낮에는 두꺼비가 되고 밤에는 사람이 될 것이니
이 사실을 아무에게도 이야기하지 마오."
각시는 고개를 끄덕였어.

다음 날 아침, 신랑은 다시 두꺼비가 되었어.
"장인어른, 밤새 잘 주무셨는지요?"
두꺼비 신랑이 아침 인사를 올리자
판서 대감은 고개를 획 돌렸어.
"두꺼비 주제에 인사는 무슨 인사!"
판서 대감은 먼저 시집 간 두 딸의 남편만 예뻐했지.

대감의 회갑을 며칠 앞둔 날이었어.
두꺼비 신랑이 판서 대감을 찾아갔을 때
두 사위는 사냥 떠날 채비를 하고 있었어.
회갑 잔치에 쓸 꿩고기를 마련하려는 것이었지.
"형님들, 저도 데려가 주시구려."

사위들은 콧방귀를 뀌며 비웃었어.
"흥! 꿩한테 잡아먹히지나 마."
"우리 사냥 실력을 보고 싶으면 따라오든지!"
그렇게 해서 두꺼비 신랑도 꿩 사냥을 떠났어.

갈림길이 나오자 두 사위는 울퉁불퉁 험한 길을
가리키며 두꺼비 신랑에게 말했어.
"이쪽에 꿩이 많으니 넌 이 길로 가거라."
그러더니 두 사위는 판판한 길로 가 버렸지.
험한 길에는 꿩 깃털조차 보이지 않았어.
게다가 가파른 절벽이 앞을 가로막고 있었어.

두꺼비 신랑은 하인에게 편지를 주며 말했어.
"이 고개를 넘어가면 흰머리 늘어뜨린 노인이
소나무 아래 앉아 있을 테니 이걸 주어라."
정말 소나무 아래에는 노인이 앉아 있었어.
노인은 곧 두꺼비 신랑에게 *왜죽왜죽 달려왔지.

*왜죽왜죽 : 팔을 가볍게 휘두르며 계속 빨리 걸어가는 모양을 말해요.

23

"꿩 십여 마리가 필요하다오."
두꺼비 신랑의 말이 떨어지기가 무섭게 노인이 사라졌어.
그러더니 눈 깜짝할 새에 꿩을 줄줄이 엮어 돌아왔지.
노인이 고개를 숙여 인사하고 횡하니 사라지자,
두꺼비 신랑은 꿩을 가지고 두 사위에게 갔어.
꿩 한 마리 잡지 못한 두 사위는 눈이 휘둥그레졌어.
"아니, 두꺼비가 무슨 재주로 저리 많이 잡았을까?"

두 사위는 꿩이 욕심나서 두꺼비 신랑을 살살 구슬렸어.
"이보게, 아우님, 자네야 꿩을 못 잡았다고
뭐라 할 사람 없지만, 우린 체면이 말이 아니야."
"맞는 말씀! 꿩을 우리에게 주면 자네 소원을 들어줌세."

"좋습니다. 지금 바로 제 소원을 들어주십시오."
두꺼비 신랑은 두 사위에게 저고리를 벗으라고 하더니,
등에다 도장을 꾹꾹 눌러 찍었어.
두 사위는 장인에게 칭찬받을 생각에 헤벌쭉 웃기만 했지.

두 사위가 꿩을 잔뜩 들고 판서 댁에 들어서자
사람들이 우르르 몰려들었어.
"야, 산에 있는 꿩이란 꿩은 모두 잡아 왔구먼."
"판서 댁 두 사위는 못 하는 게 없어."
판서 대감도 입이 마르도록 두 사위를 칭찬했어.
"아무렴, 집안도 좋고 사냥 실력도 으뜸이지."
하지만 두꺼비 신랑은 웃음거리가 되었어.
판서 대감은 버럭 소리까지 질렀지.
"못난 것, 내 회갑 잔치에 올 필요도 없네."

회갑 잔치에 두꺼비 신랑은 보이지 않았어.
사람들은 잔칫상에 모여 왁자지껄 먹고 마셨지.
그때 갑자기 누군가 크게 소리쳤어.
"여기에 도망친 내 하인들이 있다는 말을 들었소.
어서 그들을 내주시오."
사람들은 소리치는 잘생긴 사내를 쳐다보았어.

사내로 변한 두꺼비 신랑이 두 사위를 가리키며 말했어.
"저 두 사람이 내 하인이오.
등에 내 도장이 찍혀 있으니 어서 확인해 보시오."
판서 대감은 두 사위에게 윗도리를 벗어 보라고 했어.
그랬더니 진짜 커다란 도장이 찍혀 있는 게 아니겠어?
"아이고, 지체 높은 집안에 종놈이 웬말이냐!"
판서 대감은 꺼이꺼이 울었어.

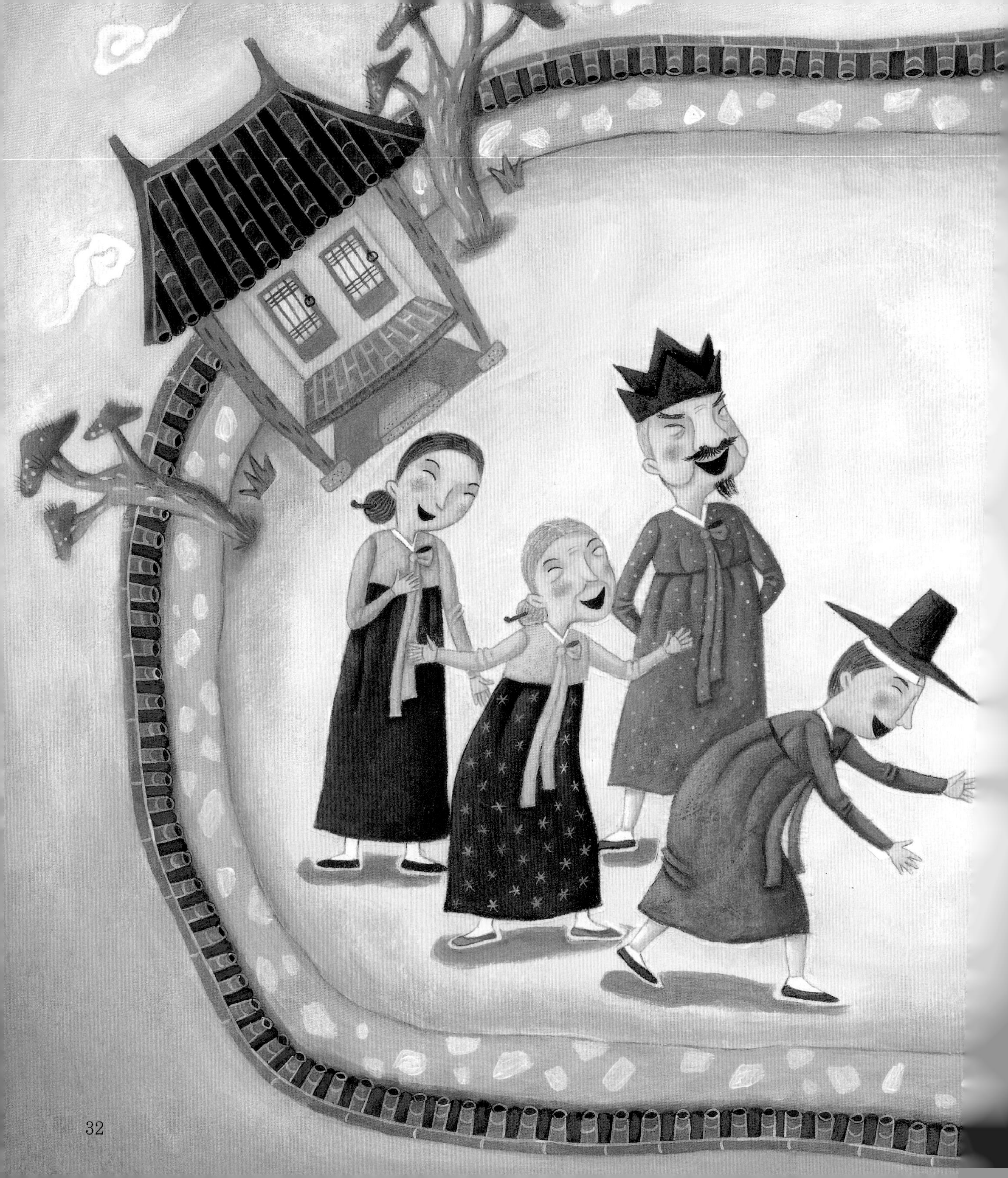

그때, 두꺼비 신랑이 판서 대감에게 말했어.
"어제까지 어여쁘게 보던 두 사위를
오늘은 어찌 종놈이라 하십니까?
그러니 사람이란 됨됨이로 봐야 할 것입니다."
그제야 판서 대감은 자기의 잘못을 깨달았어.
그 뒤로 두꺼비 신랑은 각시와 함께 오래도록 잘 살았대.
더 이상 두꺼비로 변신하지도 않았지.
하지만 사람들은 늘 '두꺼비 신랑'이라고 불렀대.

# 두꺼비 신랑 작품해설

<두꺼비 신랑>은 '두꺼비 허물 쓴 사람', '허물 벗은 두꺼비 신랑' 등으로도 불리는 민담입니다. 하늘의 신선이 죄를 지어 두꺼비로 변하게 되었다고 해서 '변신담'이라 고 하지요. 이러한 이야기는 우리나라 전 지역에 널리 퍼져 있습니다. 이 이야기는 어느 날, 자식 없이 사는 할아버지, 할머니가 두꺼비를 키우게 되면서 시작됩니다. 할아버지는 두꺼비를 아들 삼아 정성껏 키워 줍니다. 얼마 뒤, 두꺼비는 할 아버지에게 자기를 판서 댁에 장가보내 달라고 하지요.

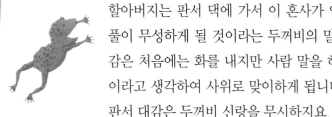

할아버지는 판서 댁에 가서 이 혼사가 안 되면 집안이 망해 앞마당에 풀이 무성하게 될 것이라는 두꺼비의 말을 전합니다. 판서 대 감은 처음에는 화를 내지만 사람 말을 하는 두꺼비가 분명 영물 이라고 생각하여 사위로 맞이하게 됩니다. 비록 혼인을 하였지만 판서 대감은 두꺼비 신랑을 무시하지요.

대감의 회갑날이 되어 손위 동서들이 꿩을 잡으러 사냥을 나가자 두꺼비 신랑도 따 라나섭니다. 두 사위는 두꺼비 신랑에게 꿩에게 잡아먹히지나 말라며 놀리지요. 하 지만 꿩을 한 마리도 잡지 못한 두 사위와 달리 두꺼비 신랑은 십여 마리나 되는 꿩 을 갖고 나타납니다. 이것을 본 사위들이 꿩을 달라고 하자 두꺼비 신랑은 두 사위 의 등에다 도장을 찍고는 꿩을 모두 주어 버립니다.

집으로 돌아온 사위들을 둘러싸고 판서 대감과 동네 사람들이 칭찬을 합니다. 잔칫 날 사람으로 변한 두꺼비 신랑이 나타나 동서들 등에 찍힌 도장을 보여 주며 자신의 종이라고 말합니다.

"지체 높은 집안에 종놈이 웬말이냐."며 판서 대감이 한탄하자, 두꺼비 신랑은 "사 람이란 됨됨이로 봐야 할 것."이라고 말합니다. 판서 대감은 비로소 자신의 잘못을 깨닫지요. 이 이야기에는 사람을 겉모습이나 배경만 가지고 평가해서는 안 된다는 가르침이 들어 있습니다.

# 꼭 알아야 할 작품 속 우리 문화

## 사모관대

사모관대는 옛날에 벼슬을 한 관리들이 입던 옷이었으나 지금은 전통 혼례를 할 때 신랑이 입는 예복이 되었어요. 사모는 관복을 입을 때 함께 쓰던 모자로, 이층으로 턱이 있고 뒤에 날개가 달려 있지요. 1387년 고려 우왕 때 설장수라는 관리가 명나라에 사신으로 갔다가 명나라 태조로부터 받은 후, 우리나라에서도 쓰기 시작했다고 해요. 사모는 고려 시대에 처음 사용되어 조선 시대 말까지 관리들의 관복으로 쓰였는데 시대에 따라 크기, 색깔 등이 달라졌어요. 나라의 왕족이 죽어 상을 치를 땐 흰색의 백사모를 쓰기도 했지요. 평민들은 사모관대를 혼례 치를 때만 입어 볼 수 있었어요. 사모는 머리에 쓰는 것이고, 관대는 허리에 두르는 것을 말해요.

## 회갑 잔치

회갑은 '환갑'이라고도 하는데 나이가 만으로 60세가 된 것을 말해요. 옛날에는 사람들이 오래 살지 못해 부모가 회갑이 되면 큰 잔치를 벌여 축하했지요. 회갑 잔치를 할 때에는 맛있는 음식을 장만하고 친척과 동네 사람들을 불러 떠들썩하게 축하했어요. 자식들은 환갑상을 차리고 부모에게 절을 하고, 색동옷을 입고 춤을 추어 부모님을 기쁘게 해 드렸어요. 절을 할 때는 부모님이 건강하고 오래 살기를 바라며 남자는 2번, 여자는 4번 절을 하지요. 하지만 요즘은 평균 수명이 늘어나 회갑 잔치를 하지 않는 경우가 많아요.

# 조상의 지혜를 배우는 **속담 여행**

〈두꺼비 신랑〉에서 판서 대감은 두꺼비 신랑을 업신여기고 두 사위만을 좋아했어요. 됨됨이를 살펴보지 않고 겉모습이나 배경만을 가지고 평가한 것이지요. 여기에서 배울 수 있는 속담을 알아보아요.

## 까마귀가 검어도 살은 희다

누군가를 평가할 때는 그 겉모양만 보고 평가해서는 안 된다는 뜻이에요.

# 전래 동화로 미리 배우는 교과서

 판서 대감이 두꺼비 신랑을 못마땅하게 여긴 까닭은 무엇인가요?

여러분도 판서 대감처럼 누군가를 생김새로 판단한 적이 있나요? 사람을 판단할 때는 어떤 점을 봐야 하는지 말해 보세요.

두꺼비 신랑은 어떤 일을 통해 판서 대감을 깨우치게 해요. 아래 그림에 알맞은 이야기의 순서를 써 넣고, 어떤 일이 있었는지 이야기해 보세요.

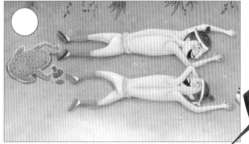